アニメ版

少女チャングムの夢

あこがれのスラッカンへ

原作／「チャングムの夢」製作委員会　文／藤田晋一

アニメ版

少女チャングムの夢

あこがれのスラッカンへ ●もくじ

チャングム（ソ・ジャングム）

みんなを幸《しあわ》せにする料《りょう》理人《りにん》になるという夢《ゆめ》をもつ女《おんな》の子《こ》。そのため、見習《みなら》い女官《にょかん》になる。

クミョン（チェ・グミョン）

代《だい》だい、最高尚宮《チェゴサングン》を出《だ》してきた名門一族《めいもんいちぞく》の出《しゅっ》身《しん》。チャングムと何度《なんど》も料理対決《りょうりたいけつ》をする。

ヨンセン

チャングムの親友《しんゆう》。泣《な》き虫《むし》だけれど、何度《なんど》もチャングムのピンチをすくう。

チェ尚宮《サングン》

クミョンのおばで、スラッカンの女官《にょかん》。一族《いちぞく》の名誉《めいよ》のため、きたない手《て》を使《つか》うことも。

ハン尚宮《サングン》

チャングムをいつも母《はは》親《おや》のようにあたたかく見守《みまも》ってくれる、スラッカンの女官《にょかん》。

中宗《チュンジョン》

朝鮮王朝第《ちょうせんおうちょうだい》十一代《だい》の国《こく》王《おう》。やさしく頭《あたま》もよい。何者《なにもの》かにおそわれ、子《こ》どもたちに助《たす》けられる。

チャン・スロ

チャングムの旅《たび》の表《おもて》の護衛《ごえい》。じつは、ミン・ジョンホとは子《こ》どものときからのライバル。

ミン・ジョンホ

中宗《チュンジョン》の護衛《ごえい》で、中宗《チュンジョン》がいちばん信頼《しんらい》している人物《じんぶつ》。チャングムの旅《たび》の影《かげ》の護衛《ごえい》もつとめる。

1　夢《ゆめ》のはじまり

チャングムは明《あか》るくて、楽《たの》しいことや、ふしぎなことが大好《だいす》きな女《おんな》の子《こ》です。お父《とう》さんとお母《かあ》さんは、もう死《し》んでしまっていないけれど、カン・ドックおじさんのうちで、元気《げんき》にくらしています。

そんなチャングムの夢《ゆめ》は、自分《じぶん》の料《りょう》理《り》で、みんなを幸《しあわ》せにすること。

きょうは、近《ちか》くのおやしきでおこなわれる結婚式《けっこんしき》のために、料理《りょうり》の手伝《てつだ》いにやってきました。

結婚式《けっこんしき》は、とてもはなやかなものでした。広場《ひろば》ではサーカスも開《ひら》かれ、花《はな》よめ、花《はな》むこをお祝《いわ》いしています。

「サーカスっておもしろいね。」

「あっち見《み》てごらんよ、ほら、かわいいおむこさんだよ。」

「およめさんも、すごくきれいだ。」

何人《なんにん》かの人《ひと》たちがへいにのぼって、結婚式《けっこんしき》をのぞきながら話《はな》しています。

なぜ、のぞいてるかって？

それは、結婚《けっこん》するのが王様《おうさま》の親戚《しんせき》にあたるえらい人《ひと》で、だれもがおやしきに入《はい》れるわけではなかったからです。

同《おな》じころ、国《くに》の王《おう》である中宗様《チュンジョンさま》は、森《もり》で狩《か》りを楽《たの》しんでいました。

「来《く》るぞ！」

中宗様《チュンジョンさま》は弓《ゆみ》を大《おお》きく引《ひ》きしぼり、イノシシをねらいます。でも……。

「はずしたな。近《ちか》くで親戚《しんせき》のものが結《けっ》婚式《こんしき》をしている。今夜《こんや》はそのやしきにとまり、あしたこそ、しとめるぞ。」

中宗様《チュンジョンさま》がそう言《い》うと、ミン・ジョンホが答《こた》えました。

「しかし、王様《おうさま》をお守《まも》りするものがおりません。」

「おまえがいるだろ。」

中宗様《チュンジョンさま》は笑《わら》いながら答《こた》えました。ミン・ジョンホも、こまったように笑《わら》いを返《かえ》しました。

そのとき、おやしきでは大事件《だいじけん》がおこっていました。チャングムたちのかい犬《いぬ》のモンモンが、お祝《いわ》いに必要《ひつよう》な麺《めん》料理《りょうり》を全部《ぜんぶ》だめにしてしまったのです。王宮《おうきゅう》のスラッカン*から料理《りょうり》を作《つく》りにやってきた女官《にょかん》は、泣《な》き出《だ》してしまいました。

「麺《めん》なら、すぐに用意《ようい》できます。」

チャングムがそう言《い》っても、信《しん》じてもらえません。

*王宮内《おうきゅうない》で王《おう》の食事《しょくじ》を作《つく》るところ。

「麺《めん》があるというの？」

たったひとり信《しん》じてくれたのがハン尚宮様《サングンさま》*でした。その言葉《ことば》にチャングムは自信《じしん》を持《も》って答《こた》えます。

「時間《じかん》をかけずに作《つく》れる麺《めん》があるんです。」

チャングムは、トウモロコシ粉《こ》を火《ひ》にかけ、こがさないようにねって、穴《あな》のあいたうつわからおし出《だ》し、おたまじゃくしのような形《かたち》の麺《めん》を作《つく》り出《だ》しました。

さっそく、ハン尚宮様《サングンさま》が味見《あじみ》をして、チャングムに言《い》いました。

「おいしいわ。」

結婚式《けっこんしき》でも、チャングムの作《つく》った麺《めん》は大好評《だいこうひょう》でした。

おたまじゃくしの形《かたち》がめずらしいこともあって、狩《か》りの帰《かえ》りにおやしきによった中宗様《チュンジョンさま》も大《おお》よろこびです。

そのころ、ハン尚宮様《サングンさま》はお客様《きゃくさま》のようすを見《み》ながら、チャングムのことを思《おも》い出《だ》していました。

「あの子《こ》は夢《ゆめ》を持《も》って料理《りょうり》を作《つく》っているわ。自分《じぶん》の料理《りょうり》でみんなを幸《しあわ》せにしたいという夢《ゆめ》……。そしてあの子《こ》はスラッカンに行《い》きたいと……。」

＊王宮《おうきゅう》の女官《にょかん》を管理《かんり》する職《しょく》。

次《つぎ》の日《ひ》、森《もり》の中《なか》には王宮《おうきゅう》へと向《む》かうチャングムのすがたがありました。なんと、スラッカンの見習《みなら》い女官《にょかん》を選《えら》ぶ試験《しけん》が受《う》けられるようになったというのです。うきうきして、道《みち》を急《いそ》いでいると、男《おとこ》の人《ひと》がたおれています。あわてて、かけよるチャングムに、黒《くろ》いふくめんのあやしい人物《じんぶつ》が立《た》ちふさがりました。

「そこをどけ！　そいつを殺《ころ》す。」

もうだめ！　そう思《おも》ったとき、とつぜん、イノシシがあらわれ、男《おとこ》をおそい、なんとか切《き》り抜《ぬ》けられたのです。

2 見習《みなら》い女官《にょかん》になりたい

王宮《おうきゅう》ではもうすぐ、スラッカンにつとめる見習《みなら》い女官《にょかん》を選《えら》ぶための試験《しけん》がおこなわれようとしています。

でも、そこにチャングムのすがたはありません。

「なぜ、あの子《こ》は来《こ》ないのかしら。」

ハン尚宮様《サングンさま》も心配《しんぱい》しています。

「ろうそくの燃《も》えつきるまでに、いちばん自信《じしん》のある料理《りょうり》を作《つく》りなさい。」

ウン尚宮様《サングンさま》の言葉《ことば》につづき、高《たか》らかにドラがひびき試験《しけん》がはじまりました。

そのころ、チャングムは王宮《おうきゅう》への道《みち》を、ただひたすら急《いそ》いでいました。というのも、黒《くろ》いふくめんの男《おとこ》と、うでに青《あお》いチョウのいれずみのある女《おんな》におそわれていた人《ひと》を、お医者《いしゃ》さんのところまで、つれていっていたからです。

試験会場《しけんかいじょう》では、もうだれもが料理《りょうり》にとりかかっています。

ようやく王宮《おうきゅう》にたどりついたチャングムでしたが、今度《こんど》は門番《もんばん》が王宮《おうきゅう》の中《なか》に入《い》れてくれません。

「試験《しけん》ならもうとっくにはじまっている。今《いま》ごろ来《き》てもおそい！」

さわぎに気《き》づいてかけつけた役人《やくにん》のとりなしで、チャングムはなんとか中《なか》に入《はい》れましたが、試験会場《しけんかいじょう》には、もうほとんど、食材《しょくざい》がのこっていませんでした。

「だったら、ごはんをたきます。」

ちこくしたチャングムに、女官《にょかん》たちも、試験《しけん》を受《う》けているほかの女《おんな》の子《こ》たちも、つめたい目《め》をむけています。

お米《こめ》を選《えら》んで、自分《じぶん》の持《も》ち場《ば》についたチャングムに、ヨンセンだけがやさしい言葉《ことば》をかけてくれました。

「何《なに》かいるものがあったら言《い》って。」

「ありがとう。じゃあ、小麦粉《こむぎこ》を少《すこ》しもらってもいい？」

チャングムは、ヨンセンから小麦粉《こむぎこ》を受《う》け取《と》ると、お米《こめ》をとぎ、水《みず》かげんをして、炭《すみ》もいっしょに入《い》れました。

そして、何《なに》を思《おも》ったのか、小麦粉《こむぎこ》をねると、ふたのまわりにはりつけ、その上《うえ》に石《いし》をおいたのです。

（こうすれば、早《はや》く、おいしくたけるはず……。）

チャングムはかまどの炎《ほのお》をじっと見《み》つめました。でも、ろうそくは、どんどん短《みじか》くなっていきます。

（あとは、小麦粉《こむぎこ》をはがして、中《なか》の湯《ゆ》気《げ》を外《そと》に出《だ》してやれば……。）

チャングムが心《こころ》の中《なか》でそう思《おも》ったときです。となりの女《おんな》の子《こ》が、よろけてチャングムにぶつかったひょうしに、ふたの上《うえ》の石《いし》がおっこちてしまったのです。

ボン！　大《おお》きな音《おと》をたてて、かまが大《だい》ばくはつ。ごはんがこぼれてしまいました。

もう、あきらめるしかないのでしょうか。チャングムの夢《ゆめ》は、いったいどうなってしまうのでしょう。

「合格者《ごうかくしゃ》は、チェ・グミョン、イ・ジャンイ、イ・ヨンセン……。」

試験《しけん》も終《お》わり、合格者《ごうかくしゃ》が次《つぎ》つぎに発《はっ》表《ぴょう》されていきます。チャングムは大《おお》きなため息《いき》をつきました。ところが、ここで奇跡《きせき》がおこったのです。

「今回《こんかい》は、特別《とくべつ》にもう一名合格《めいごうかく》とする。ソ・ジャングム。」

チャングムのほほが、パーっとばら色《いろ》にそまりました。

「食材《しょくざい》がなく、ごはんをたくしかできなかったが、ごはんは味《あじ》の基本《きほん》。よくできていましたよ。」

　実《じつ》はチャングムは、ハン尚宮様《サングンさま》に言《い》われて、かまにのこったごはんで試験《しけん》を受《う》けていたのです。

「最高《さいこう》の料理《りょうり》を習《なら》えるんだわ。」

　チャングムは喜《よろこ》びにひたっていました。一方《いっぽう》、お医者《いしゃ》さんのもとでは、チャングムたちが運《はこ》んだ男《おとこ》の人《ひと》が目《め》をさましていました。

「子《こ》どもたちがわたしを運《はこ》んでくれたのか……。手《て》がかりは、指輪《ゆびわ》……。」

　そうつぶやいているこの人《ひと》こそ、チャングムがつとめることになった王宮《おうきゅう》の主《あるじ》、中宗様《チュンジョンさま》だったのです。

3 自然《しぜん》の味《あじ》

とうとう、チャングムはあこがれていたスラッカンの見習《みなら》い女官《にょかん》になることができました。

「見習《みなら》い女官《にょかん》には、梅《うめ》・蘭《らん》・菊《きく》の位《くらい》があり、おまえたちはいちばん下《した》の梅《うめ》の位《くらい》だ。蘭《らん》の位《くらい》の見習《みなら》い女官《にょかん》になれば、気《き》のあうものどうしで、一部屋《ひとへや》を使《つか》えるが、梅《うめ》の位《くらい》の見習《みなら》い女官《にょかん》は、三人《にん》で一部屋《ひとへや》を使《つか》ってもらうことになっている。では、これから部屋割《へやわ》りを発表《はっぴょう》する。

クミョン、ウンビ、ヨンノ。おまえたちが同《おな》じ部屋《へや》だ……。つづいて、チャンイ、ヨンセン、チャングム。」

チャングムは、まだつづいているウン尚宮様《サングンさま》の言葉《ことば》など、耳《みみ》に入《はい》りません。

同《おな》じ部屋《へや》になったヨンセンとチャンイといっしょに、大《おお》はしゃぎです。

「生《う》まれてはじめて来《き》たんだから、王《おう》宮《きゅう》の中《なか》を探検《たんけん》しようよ。」

部屋《へや》に入《はい》り、チャングムがそう言《い》うと、チャンイが答《こた》えました。

「あたしはいいから、ふたりで行《い》っといでよ。」

　チャングムとヨンセンは、さっそく、王宮《おうきゅう》の中《なか》を探検《たんけん》に出《で》かけました。あちこち見《み》ていると、目《め》の前《まえ》を外国人《がいこくじん》の行列《ぎょうれつ》が通《とお》りました。

「外国《がいこく》の人《ひと》、はじめて見《み》たわ。」

　息《いき》をつめて見《み》ていると、ヘヤ医女《いじょ》からきびしい声《こえ》がかかりました。

「ここは、見習《みなら》い女官《にょかん》の来《く》るところではない。さっさと行《い》きなさい!」

　ふたりはあわててにげだしました。でも、外国《がいこく》の人《ひと》が持《も》ってきたもの、それは、ふたりにとって、たいへんなものだったのです。

見習《みなら》い女官《にょかん》の勉強《べんきょう》を始《はじ》める日《ひ》になりました。チャングム、ヨンセン、チャンイは、スラッカンをのぞいたり、まだまだうかれ気分《きぶん》です。

でも、初日《しょにち》から、たいへんなことが待《ま》ち受《う》けていました。

尚宮様《サングンさま》たちの話《はな》し合《あ》いで、外国《がいこく》の人《ひと》から贈《おく》られたダチョウの卵《たまご》の管理《かんり》を、梅《うめ》の位《くらい》の見習《みなら》い女官《にょかん》にまかせることになったのです。

「試験《しけん》で公平《こうへい》に選《えら》びましょう。」

ハン尚宮様《サングンさま》の一言《ひとこと》で、試験《しけん》がおこなわれることになりました。

「材料《ざいりょう》は自由《じゆう》に、自然《しぜん》の味《あじ》を生《い》かした料理《りょうり》を作《つく》りなさい。」
尚宮様《サングンさま》の言葉《ことば》で料理開始《りょうりかいし》です。倉庫《そうこ》で食材《しょくざい》を選《えら》んだ子《こ》は、みんななんとか、料理《りょうり》を作《つく》り上《あ》げました。

でも、結局《けっきょく》、食《た》べてもらえたのは、スラッカンから出《で》て、自然《しぜん》の食材《しょくざい》を料《りょう》理《り》したチャングムとヨンセンと、代《だい》だい最高尚宮《チェゴサングン》を出《だ》している家《いえ》の出身《しゅっしん》のクミョンだけでした。

そして、第一位《だいい》は、キキョウの根《ね》を炭火《すみび》であぶり、その味《あじ》を生《い》かして、料《りょう》理《り》を作《つく》ったヨンセンだったのです。

一位《い》のヨンセンが、見習《みなら》い女官《にょかん》の仕《し》事《ごと》をしなくてもよくなると、みんな不《ふ》満《まん》たらたら。でも、そんなことはおかまいなしにヨンセンは卵《たまご》をふとんのあいだにしまうと、お昼寝《ひるね》です。

でも、お昼寝《ひるね》からおきると、たいへんなことが持《も》ち上《あ》がっていました。しまっておいたはずの卵《たまご》がどこにもないのです。あわてて、チャングムとチャンイの三人《にん》で卵《たまご》をさがすと、とんでもないことが――。

なんと、卵《たまご》がかえってダチョウのひなになっていたのでした。

大《おお》さわぎしながら、ひなをつかまえようとしていると、運悪《うんわる》く、そこにウン尚宮様《サングンさま》が通《とお》りかかってしまったのです。卵《たまご》がかえってしまったことをせめられ、泣《な》き出《だ》してしまったヨンセンに同情《どうじょう》したチャングムは、思《おも》わずさけんでいました。

「わたしのせいです。」

こうして、チャングムは、勉強《べんきょう》をやめさせられ、しばらく炭蔵《すみぐら》の仕事《しごと》を手《て》伝《つだ》うように命《めい》じられました。

しかしそこには、チャングムの命《いのち》にかかわる大事件《だいじけん》が待《ま》っていたのです。

4　母《かあ》さんの味《あじ》

何《なに》ものかに火《ひ》がつけられた炭蔵《すみぐら》は、あっというまに炎《ほのお》につつまれました。兵士《へいし》たちが消《け》しにかかりますが、火《ひ》のいきおいは強《つよ》まるばかりです。

かけつけたチャンイとヨンセンも、すがたの見《み》えないチャングムをさがして、大声《おおごえ》でさけんでいます。

「チャングム！」

チャングムが炭蔵《すみぐら》に送《おく》られたことに責任《せきにん》を感《かん》じていたヨンセンが中《なか》に飛《と》びこもうとした、そのとき――。

中宗様《チュンジョンさま》の護衛《ごえい》のミン・ジョンホが、ヨンセンをおしとどめました。

「まさか、中《なか》にだれかいるのか？」

「チャングムが。助《たす》けてください。」

ヨンセンがそう答《こた》えると、ミン・ジョンホは大《おお》きくうなずき、水《みず》をかぶり、火《ひ》の中《なか》に走《はし》っていきます。

そして、炎《ほのお》の中《なか》でたおれていたチャングムを助《たす》け出《だ》し、そのまま外《そと》に飛《と》び出《だ》しました。

でも、チャングムは、火事《かじ》を出《だ》したばつとして、兵士《へいし》たちの料理《りょうり》を作《つく》る役《やく》にされてしまったのです。

兵士《へいし》のための台所《だいどころ》は、とてもひどいところでした。というのも、ここの女官《にょかん》たちは、一度罪《いちどつみ》を犯《おか》した人《ひと》たちで、みんなもう、すっかり希望《きぼう》もやる気《き》も失《うしな》っていたからです。
「どうせもう、スラッカンにはもどれないんだよ。だから、がんばるなんてムダなんだよ。」
はきすてるようにつぶやく女官《にょかん》に、チャングムは、きっぱりと言《い》いはなちます。
「いいえ、わたしは、ぜったいにスラッカンにもどってみせます。」

「さあ、さっさと食堂《しょくどう》で手伝《てつだ》いな。」

ふきげんな女官《にょかん》の声《こえ》に送《おく》られて、食堂《しょくどう》に行《い》ったチャングムでしたが、きびしい現実《げんじつ》が待《ま》っていました。

「まずいめしだろ。少《すこ》しでいいぞ。」

いきなり、兵士《へいし》にひどい言葉《ことば》をかけられたのです。チャングムは、思《おも》わず腹立《はらだ》ちまぎれに、ごはんを三《み》つぶだけ入《い》れて、茶《ちゃ》わんを差《さ》し出《だ》しました。

でも、それでは何《なに》も変《か》わりません。みんなまずそうにごはんを食《た》べています。中《なか》でも、チソンという少年兵士《しょうねんへいし》は、一口《ひとくち》も口《くち》をつけないのです。

　チャングムがうんざりして外《そと》を歩《ある》いていると、ぐうぜん出会《であ》ったハン尚宮《サングン》様《さま》に思《おも》わず言《い》ってしまいました。

「一度《いちど》、ひもじくなればいいんです。」

「ごはんを作《つく》る人《ひと》は、それを食《た》べる人《ひと》の命《いのち》にかかわっているのよ。料理《りょうり》を作《つく》るときにいちばんたいせつなのはまごころ。まごころがこもっていない料理《りょうり》を出《だ》されたら、どう思《おも》うかしら。」

「たぶん腹《はら》がたちます。あっ！」

　やさしくさとすようなハン尚宮様《サングンさま》の言葉《ことば》で、チャングムはたいせつなことに気《き》づかされました。

そして、急《いそ》いで台所《だいどころ》にもどると、かりんとうを作《つく》りはじめたのです。でも、そんなチャングムを見《み》る女官《にょかん》たちの目《め》は、ひややかそのものです。

チャングムはかりんとうができあがると、チソンに声《こえ》をかけました。

「お菓子《かし》だけでも食《た》べてみて。」

でも、やっぱり、チソンは手《て》をつけようともしません。

がっかりするチャングムでしたが、ある兵士《へいし》が、チソンがここで食事《しょくじ》をしない、ほんとうの理由《りゆう》を教《おし》えてくれたのです。

チソンは、病気《びょうき》の兄《にい》さんのかわりに兵士《へいし》になったが、料理上手《りょうりじょうず》な母《かあ》さんともっといたかった、ほんとうは兵士《へいし》になりたくなかった、というのです。

チャングムは、チソンとふるさとが同《おな》じだという兵士《へいし》に教《おそ》わり、チソンの母《かあ》さんの得意料理《とくいりょうり》を作《つく》りました。

次《つぎ》の日《ひ》、その料理《りょうり》を差《さ》し出《だ》すと、チソンが食《た》べてくれたのです。チャングムはうれしくてたまりません。

これをきっかけに、すべてが変《か》わりました。女官《にょかん》たちもやる気《き》を見《み》せ、食《しょく》堂《どう》もすっかり明《あか》るくなったのです。

5　試験《しけん》を受《う》けたい

兵士《へいし》たちの台所《だいどころ》では、チャングムのいそがしい日《ひ》びがつづいていました。いちばん下《した》っぱですから、用《よう》も数多《かずおお》くこなさなければならないのです。

でも、ほんとうの理由《りゆう》は、台所《だいどころ》の仕事《しごと》だけではなく、梅《うめ》の位《くらい》の見習《みなら》い女官《にょかん》から蘭《らん》の位《くらい》の見習《みなら》い女官《にょかん》になるための勉強《べんきょう》もしていたからです。

ヨンセンから授業《じゅぎょう》を書《か》きとめた手帳《てちょう》を借《か》りて勉強《べんきょう》していたチャングムですが、心《こころ》の中《なか》は不安《ふあん》でいっぱいでした。

「試験《しけん》はきょうなのに……。こんなところにいて、わたしは試験《しけん》が受《う》けられるのかしら……。」
そのころ、女官《にょかん》たちの責任者《せきにんしゃ》の最高《チェゴ》尚宮様《サングンさま》は、ウン尚宮様《サングンさま》からチャングムのようすをきいていました。
「チャングムが兵士《へいし》の台所《だいどころ》に行《い》ってから、台所《だいどころ》は明《あか》るくなり、兵士《へいし》たちもよろこんで、ごはんを食《た》べるようになりました。」
しばらく考《かんが》えていた最高尚宮様《チェゴサングンさま》でしたが、チャングムをよびだして、おもおもしく言《い》ったのです。

「豆《まめ》の粉《こな》を固《かた》めたものを、正《ただ》しく切《き》れたら、試験《しけん》を受《う》けてもよい。」

チャングムは、大《おお》よろこびです。ハン尚宮様《サングンさま》の言葉《ことば》がつづきます。

「ただし、目《め》かくししてもらう。」

おどろくチャングムに、最高尚宮様《チェゴサングンさま》はつめたく言《い》いはなちます。

「自信《じしん》がないなら、やめてもよい。」

「やります。」

そう言《い》って、まないたの前《まえ》に立《た》つチャングムの首《くび》に、あせが流《なが》れます。

切《き》りおえたチャングムに、最高尚宮《チェゴサングン》様《さま》はしずかに言《い》いました。

「なかなかのものだね。」

　こうして、チャングムは試験《しけん》を受《う》けさせてもらえることになったのです。とはいっても、合格《ごうかく》するのはただひとりというきびしい試験《しけん》です。

　見習《みなら》い女官《にょかん》はウン尚宮様《サングンさま》の前《まえ》にならび、試験《しけん》がはじめられました。

「どの問題《もんだい》もこれまで勉強《べんきょう》したものだ。ただし一問《もん》でもまちがったら、そこで失格《しっかく》とする。まず、第《だい》一問《もん》。別名《べつめい》チョノともよばれる、とげの多《おお》いおいしい魚《さかな》は？」

　ウン尚宮様《サングンさま》の声《こえ》がひびきます。

みんなどんどん退場《たいじょう》していき、とうとうチャングムとクミョンだけがのこりました。

最後《さいご》の問題《もんだい》は、うつわの水《みず》を一口《ひとくち》のんで、どんな水《みず》かあてるものです。

「そんなの、わかるわけないよ。」

チャングムを応援《おうえん》するヨンセンも、心配《しんぱい》そうに見《み》つめています。

でも、こんなむずかしい問題《もんだい》もふたりはなんなくこなしました。そのため、尚宮様《サングンさま》たちが話《はな》し合《あ》った結果《けっか》、料理勝《りょうりしょう》負《ぶ》で決着《けっちゃく》をつけることになってしまったのです。

課題《かだい》は、ひとつのかまでできる料理《りょうり》となりました。そして、勝負《しょうぶ》を見《み》るためにいらした中宗様《チュンジョンさま》のお母様《かあさま》である皇《こう》太后様《たいごうさま》に、味《あじ》の判定《はんてい》をおねがいすることになったのです。

クミョンが作《つく》った、さまざまなごはん料理《りょうり》、そして、チャングムが作《つく》ったおむすびと、おこげで作《つく》った汁《しる》を味《あじ》わった皇太后様《こうたいごうさま》は、しずかにおっしゃいました。

「どちらもおいしかった。でも、これでは決着《けっちゃく》がつかぬ。今度《こんど》は百人分《ひゃくにんぶん》の料《りょう》理《り》を作《つく》って、対決《たいけつ》しなさい。」

こうして、百人分《ひゃくにんぶん》の食事《しょくじ》を作《つく》って料《りょう》理対決《りたいけつ》をすることになったチャングムは、夜《よる》のスラッカンで下《した》ごしらえをしています。

チャングムは、久《ひさ》しぶりにスラッカンで料理《りょうり》できることが、うれしくてたまりません。それどころか、きょうはチャンイとヨンセンまでいるのですから、言《い》うことはありません。

三人《にん》は楽《たの》しくおしゃべりしながら仕《し》事《ごと》を進《すす》めていきました。

これから大事件《だいじけん》がおこることも知《し》らずに――。

6　果《は》てしない料理対決《りょうりたいけつ》

いよいよ、クミョンとの対決《たいけつ》の日《ひ》です。でも、チャングムの調理場《ちょうりば》は、とんでもないことになっていました。準《じゅん》備《び》した材料《ざいりょう》も、うつわも、すべてゆかにぶちまけられているのです。

「いったい、だれのしわざなの！」

そう言《い》うと、チャンイがやけになったように、ホタテガイのからで、みそをすくってなめました。

「あ！」

チャングムの目《め》に、力《ちから》がもどります。

そして、とうとう料理対決《りょうりたいけつ》がはじまってしまいました。まずクミョンの料理《りょうり》から出《だ》されます。それは、酢《す》の物《もの》からデザートまで用意《ようい》された、ほんとうにすばらしいものでした。
おぜんの上《うえ》には、メニューと、料理《りょうり》を食《た》べる順番《じゅんばん》と、食材《しょくざい》のはたらきが書《か》かれた紙《かみ》までそえられています。だれもが、おいしそうにぜんぶ平《たい》らげるすがたを見《み》て、ヨンセンとチャンイも心配《しんぱい》そうです。
「これじゃ、クミョンの料理《りょうり》だけで、おなかいっぱいになっちゃう。」

　さあ、今度《こんど》はチャングムの番《ばん》です。でも、クミョンがごうかな料理《りょうり》をいく品《しな》も出《だ》したというのに、一皿《ひとさら》だけ。そのうえ、うつわも、貝《かい》がらをそのまま使《つか》っているのです。

「あんなごうかな食事《しょくじ》のあとだが……しかたない、食《た》べてみるか。」

　百人《ひゃくにん》の人《ひと》びとは、不満《ふまん》そうに食《た》べはじめましたが、一口《ひとくち》食《た》べてみてびっくり。ホタテガイの貝柱《かいばしら》と野菜《やさい》が、からいみそであえてあって、その歯《は》ごたえやうまみといったらたまりません。

「うまい。いくらでも入《はい》るぞ。」

　実《じつ》はチャングムは、前《まえ》の日《ひ》に準備《じゅんび》した材料《ざいりょう》やうつわがだめになってしまったので、すてるはずのホタテガイのからをふくろにいっぱいもらってきて、あまった野菜《やさい》とみそ、そして、からにへばりついたわずかな貝柱《かいばしら》を使《つか》って、この料理《りょうり》を作《つく》り上《あ》げたのでした。
　さあ、ふたりの料理《りょうり》は食《た》べつくされました。いよいよ判定結果《はんていけっか》が出《で》ることになります。
「四十七対《たい》四十八。」
　この結果《けっか》を聞《き》いて、ウン尚宮様《サングンさま》がおごそかに、勝者《しょうしゃ》を発表《はっぴょう》します。

「これにより、蘭《らん》の見習《みなら》い女官《にょかん》になるのは、クミョンとする。」

「負《ま》けた……。」

がっくりとうなだれるチャングムでしたが、そのとき、おくから声《こえ》がかかりました。なんとそこには皇太后様《こうたいごうさま》がいらしたのです。

「わたしの一票《ぴょう》を入《い》れないつもりか。」

そう言《い》うと、皇太后様《こうたいごうさま》はチャングムの前《まえ》に行《い》き、言葉《ことば》をつづけました。

「どちらも最高《さいこう》の料理《りょうり》だった。でも、不幸《ふこう》なできごとに負《ま》けず、これを作《つく》ったおまえに一票《ぴょう》やるとしよう。」

その夜《よる》、庭《にわ》にはチャングムとクミョンのすがたがありました。

「あなたも、ねむれないのね。」

チャングムが話《はな》しかけます。

「また引《ひ》き分《わ》けね。はじめてよ、だれにも負《ま》けたくないと思《おも》ったの。次《つぎ》は、皇太后様《こうたいごうさま》のご提案《ていあん》で、チェジュ島《ド》の壺《つぼ》おばあさんに壺料理《つぼりょうり》を教《おそ》わってくる勝《しょう》負《ぶ》……。わたし、最後《さいご》まで、あなたと戦《たたか》ってみたい……。」

クミョンがそう言《い》うと、チャングムも、しっかりと、クミョンを見《み》つめ返《かえ》しました。

7 旅《たび》のはじまり

こうして、チャングムとクミョンは、王宮《おうきゅう》のある漢陽《ハニャン》の町《まち》を出《で》て、国《くに》のはずれにあたるチェジュ島《ド》まで、旅《たび》をすることになりました。

クミョンには、チェ尚宮様《サングンさま》とヨンノ。そして、チャングムには、ハン尚宮様《サングンさま》とヨンセンがつきそうことに決《き》まりました。一行《いっこう》の護衛役《ごえいやく》になったのはチャン・スロです。

王宮《おうきゅう》の前《まえ》で、中宗様《チュンジョンさま》のお見送《みおく》りを受《う》けて、いよいよ旅《たび》のはじまりです。

ほかにも、一行《いっこう》につきそう影《かげ》がありました。

炭蔵《すみぐら》が火事《かじ》のときに、炎《ほのお》の中《なか》から、チャングムを助《たす》け出《だ》してくれたミン・ジョンホです。

ミン・ジョンホは、中宗様《チュンジョンさま》から秘密《ひみつ》の命令《めいれい》を受《う》けていました。

「一行《いっこう》の護衛《ごえい》はチャン・スロがおこなうが、今回《こんかい》は母上《ははうえ》のご命令《めいれい》を果《は》たす旅《たび》。おまえもいっしょに行《い》ってほしい。それに、わたしは王宮《おうきゅう》をはなれられん。じっさいの民《たみ》のくらしぶりをおまえの目《め》で見《み》てきてくれ。」

王宮《おうきゅう》から海《うみ》まで、旅《たび》は順調《じゅんちょう》に進《すす》みました。ここからチェジュ島《ド》までは、船《ふね》で進《すす》みます。

はじめて海《うみ》を見《み》たヨンセンが、おどろきの声《こえ》をあげました。

「うわー。海《うみ》だわ。」

チャングムも空《そら》を指《ゆび》さして、

「ねえ、見《み》て、カモメがいる。」

「海《うみ》って広《ひろ》いのねえ。」

いつもは、なかのよくないヨンノまで歓声《かんせい》を上《あ》げると、チェ尚宮様《サングンさま》のきつい一言《ひとこと》がありました。

「しずかに。それでも女官《にょかん》ですか！」

楽《たの》しく旅《たび》をしてきた一行《いっこう》でしたが、とんでもないことがおこってしまいました。チェジュ島《ド》にむかう大《おお》きな船《ふね》に乗《の》りこもうとしたとき、ヨンノがいなくなったのです。

「待《ま》ってください。ヨンノがいないんです。」

チャングムの言葉《ことば》を聞《き》きつけた、影《かげ》の護衛《ごえい》、ミン・ジョンホが走《はし》りはじめます。

じつはヨンノは、チャングムとまちがえられ、あやしい一団《いちだん》にゆうかいされてしまったのです。

一団《いちだん》に追《お》いついたミン・ジョンホは、ヨンノが入《い》れられたふくろをうばうと、さらに敵《てき》と切《き》り結《むす》びます。

「待《ま》てー！」

そのとき、チャン・スロの声《こえ》がしました。それを聞《き》いたあやしい一団《いちだん》は、にげさっていきます。

「ふくろの中《なか》の子《こ》をたのむぞ！」

一声《ひとこえ》のこして、ミン・ジョンホが一《いち》団《だん》を追《お》いかけます。そして、やっとふくろからはいだしたヨンノが一言《ひとこと》。

「チャン・スロ様《さま》がわたしを……。」

どうやらヨンノは恋《こい》をしたようです。

ヨンノがもどり、一行《いっこう》は船《ふね》に乗《の》りこみました。ヨンノはあいかわらず、チャン・スロに夢中《むちゅう》――。そんなふたりの後《うし》ろで、ハン尚宮様《サングンさま》は、壺《つぼ》おばあさんの伝説《でんせつ》を語《かた》りはじめました。

「むかし、ある代官《だいかん》がすごうでの料理《りょうり》人《にん》を集《あつ》めたことがあったの。でも、だれも代官《だいかん》を満足《まんぞく》させることができなかった。最後《さいご》にのこったのがひとつの壺《つぼ》。その料理《りょうり》を食《た》べた代官《だいかん》は感激《かんげき》して、自《じ》分《ぶん》の料理人《りょうりにん》にしようとしたの。でもこれを作《つく》った壺《つぼ》おばあさんは……。」

船《ふね》はしずかに進《すす》んでいきます。

8　旅館対決《りょかんたいけつ》

順調《じゅんちょう》に進《すす》んでいた船旅《ふなたび》でしたが、とつぜん、あらしにあい、近《ちか》くの島《しま》にひなんすることになりました。

尚宮様《サングンさま》たちは、大《おお》きくてりっぱな大《たい》陸旅館《りくりょかん》へ、そのほかの一行《いっこう》は姉弟旅館《きょうだいりょかん》にとまります。

姉弟旅館《きょうだいりょかん》では、おいしい料理《りょうり》でもてなされたのですが、次《つぎ》の日《ひ》の朝《あさ》、とんでもないことがおこりました。宿代《やどだい》がぬすまれてしまったのです。

「ちきしょう！　いつもこうだ！」

姉弟旅館《きょうだいりょかん》のチャニがそう言《い》うと、チャングムはわけをたずねました。

「大陸旅館《たいりくりょかん》ができてから、うちにだれかがとまると、事件《じけん》がおこるんだ。」

「いいかげんにつぶれたらどうだ。村《むら》に旅館《りょかん》はひとつでじゅうぶんだ。」

そう言《い》って、大陸旅館《たいりくりょかん》の主人《しゅじん》が入《はい》ってきました。チャングムは大陸旅館《たいりくりょかん》の主人《しゅじん》に、いかりをあらわにします。

「あなたには、お客様《きゃくさま》にまごころをこめて、もてなすという気持《きも》ちがないわ。姉弟旅館《きょうだいりょかん》と料理《りょうり》で勝負《しょうぶ》したらどう。負《ま》けたら旅館《りょかん》をやめること。」

こうして料理対決《りょうりたいけつ》が決《き》まり、村人《むらびと》が判定《はんてい》することになりました。でも、姉弟旅館《きょうだいりょかん》には、もともとお金《かね》なんてありません。料理勝負《りょうりしょうぶ》の材料《ざいりょう》すら買《か》えないのです。そこで、チャングムは、ハン尚宮様《サングンさま》に相談《そうだん》しました。

「わたしの持《も》っているお金《かね》は、王様《おうさま》の命令《めいれい》を果《は》たすためのもの。あなたの責任《せきにん》でかいけつしなさい。」

ハン尚宮様《サングンさま》にことわられたチャングムでしたが、村《むら》にハスがたくさんあることに気《き》がつきました。そして、これで勝負《しょうぶ》することにしたのです。

料理対決《りょうりたいけつ》で、チャングムたちがふるまったハスの葉《は》でむしたおこわ、ハスの葉《は》の甘酒《あまざけ》、ハスの葉《は》のチヂミなどの料理《りょうり》は、村人《むらびと》たちに大好評《だいこうひょう》です。

チャングムたちが、ほっとむねをなでおろしたのもつかのま、判定《はんてい》となると、村人《むらびと》たちのふんいきは一変《いっぺん》しました。だれもが大陸旅館《たいりくりょかん》とさけんでいるのです。

大陸旅館《たいりくりょかん》の勝利《しょうり》です。

村人《むらびと》たちの反応《はんのう》に満足《まんぞく》した大陸旅館《たいりくりょかん》の主人《しゅじん》は、つめたく言《い》いはなちました。

「さあ、旅館《りょかん》をやめてもらおう。」

「わたしが、あの姉弟《きょうだい》の夢《ゆめ》をこなごなにしたんです。」

そう言《い》って、チャングムはハン尚宮《サングン》様《さま》のむねで、泣《な》きくずれました。勝負《しょうぶ》が決《き》まったとき、チャニの言《い》った、「あんたがでしゃばるから、こうなったんだぞ。」という言葉《ことば》が、頭《あたま》からはなれません。

ハン尚宮様《サングンさま》は、チャングムの頭《あたま》をなでながらやさしく言《い》いました。

「おまえは、姉弟《きょうだい》の夢《ゆめ》を守《まも》ろうとがんばったのです。せいいっぱいやったことをこうかいしてはいけないわ。」

ところが、大陸旅館《たいりくりょかん》の料理《りょうり》を毎日食《まいにちた》べないと気《き》がすまないという村人《むらびと》の話《はなし》を聞《き》いたミン・ジョンホが、ふしぎに思《おも》って、旅館《りょかん》の台所《だいどころ》をしらべると、中《ちゅう》毒性《どくせい》の香草《こうそう》が使《つか》われています。ミン・ジョンホは、村人《むらびと》の前《まえ》でこのことをあばいたのです。

しばらくして、港《みなと》にチャニが走《はし》りこんできて、チャングムの乗《の》っている船《ふね》にむかってさけびました。

「あいつら、ずるしてた。おれたちの勝《か》ちなんだよ。旅館《りょかん》をつづけられる。ありがとう！」

9 壺料理《つぼりょうり》が習《なら》いたい

チャングムたちは、海《うみ》をわたり、チェジュ島《ド》のおくをしばらく歩《ある》いてようやく、壺《つぼ》おばあさんの家《いえ》に着《つ》きました。

壺《つぼ》おばあさんは、チェジュ島《ド》の名物《めいぶつ》のポリシンダリという料理《りょうり》を出《だ》してくれましたが、なんとそれはくさった麦《むぎ》ごはんで作《つく》るもの。みんな、材料《ざいりょう》を聞《き》いて、大《おお》さわぎです。

壺《つぼ》おばあさんは、どうも手《て》ごわい人《ひと》のようです。それとも、何《なに》か深《ふか》い考《かんが》えがあるのでしょうか。

尚宮様《サングンさま》たちは、さっそく壺《つぼ》おばあさんに、中宗様《チュンジョンさま》の命令《めいれい》で壺料理《つぼりょうり》を習《なら》いたいことを話《はな》します。

「としよりをなぐさめに来《き》てくれたのかと思《おも》ったら、そんなことかい。秘伝《ひでん》の料理《りょうり》はかんたんには教《おし》えられないね。王様《おうさま》が習《なら》いたいなら、自分《じぶん》で来《く》ればいいじゃないか。」

壺《つぼ》おばあさんは、すぐにことわってしまいます。チャングムもいっしょうけんめいたのみました。

「早《はや》いとこあきらめて帰《かえ》りな。」

やっぱり返事《へんじ》は同《おな》じです。

でも、チャングムはあきらめずに、壺《つぼ》おばあさんに話《はな》しかけます。

「わたし、おばあさんに会《あ》いたかったんです。おばあさんは料理《りょうり》で、代官様《だいかんさま》をよろこばせただけじゃなくて、家《いえ》の前《まえ》の壺《つぼ》をいつもお米《こめ》でいっぱいにするごほうびをいただいて、それを村《むら》の人《ひと》にあげて……。すごいなって感動《かんどう》したんです。それで、わたしもおばあさんみたいに、みんなを幸《しあわ》せにする料理人《りょうりにん》になりたいって思《おも》って……。」

でも、壺《つぼ》おばあさんは、つっけんどんに返事《へんじ》をします。

「おせじは、もういいよ。そんなことより、わたしはね、料理《りょうり》をするのは好《す》きだけど、かたづけは苦手《にがて》でね。ここにあるあらいものが全部《ぜんぶ》終《お》わったら、もしかして壺料理《つぼりょうり》を教《おし》えてやるかもしれないよ。」
「ほんとうですか？」
チャングムが目《め》をかがやかせます。でも、あらいものが終《お》わっても知《し》らんぷり、料理《りょうり》を教《おし》えてくれるどころか、次《つぎ》つぎに用事《ようじ》を言《い》いつけます。
「次《つぎ》はこの壺《つぼ》をピカピカになるまでみがくんだよ。」

とうとうヨンセンが不満《ふまん》を口《くち》にしてしまいました。

「ほんとうに教《おし》えてくれるのかな……。」

「心《こころ》を動《うご》かすのよ。おばあさんが代官《だいかん》様《さま》の心《こころ》を動《うご》かしたように……。」

チャングムは明《あか》るく答《こた》えます。

さあ、今度《こんど》は畑《はたけ》の水《みず》やりです。でもこの畑《はたけ》はチャングムたちには広《ひろ》すぎたようです。いつまでたっても終《お》わりません。

さすがのチャングムもあきらめかけたとき、とつぜん、空《そら》から雨《あめ》がふってきたのです。

畑《はたけ》にふった雨《あめ》は、仕事《しごと》を終《お》わらせてくれためぐみの雨《あめ》でした。
でも、いいことばかりではありません。チャングムとヨンセンがかぜをひいて、たおれてしまったのです。
チャングムとヨンセンのかんびょうをしてくれたのは、クミョンでした。クミョンのつきそいのチェ尚宮様《サングンさま》がとめても、クミョンは、いっしょうけんめいです。
そんなチャングムたちのようすを、かげからじっと、壺《つぼ》おばあさんが見《み》つめていました。

そして、かぜのなおったチャングムたちみんなに、ごうかな食事《しょくじ》をふるまうと、壺《つぼ》おばあさんは、ゆっくりと言《い》いました。

「スラッカンの教《おし》えがいいんだろうね。チャングムにはたえる力《ちから》、クミョンにはまごころがある。」

「じゃあ、教《おし》えてくれるんですね。」

チェ尚宮様《サングンさま》が聞《き》き返《かえ》します。

「まごころとたえる力《ちから》じゃ、料理《りょうり》は作《つく》れないよ。材料《ざいりょう》がなくてはね。」

壺《つぼ》おばあさんは、いったいどんな材《ざい》料《りょう》が必要《ひつよう》だというのでしょう。

10　アワビとナマコ

「料理《りょうり》にいちばん大事《だいじ》なものは、材料《ざいりょう》さ。まず、よいアワビとナマコを手《て》に入《い》れておいで。」

壺《つぼ》おばあさんに言《い》われたとおり、チャングムとクミョンは、材料《ざいりょう》をさがしまわります。でも、ここは島《しま》なのに、アワビもナマコも、手《て》に入《い》れられません。村人《むらびと》に聞《き》いてみると、海《うみ》の中《なか》にあることはあるけれども、王様《おうさま》の命令《めいれい》でとったものはすべて、とりあげられてしまうということなのです。

「そんなことまでして、みつぎ物《もの》を集《あつ》めるはずないけど……。」

チャングムといっしょにやってきたヨンセンやチャン・スロも、ふしぎそうに首《くび》をひねっています。

じっさい、海辺《うみべ》に来《き》ても、海女《あま》はほとんどのこっていません。たえきれずに、にげてしまったというのです。

チャングムは、大《おお》きくうなずくと、きっぱりと言《い》いました。

「じゃあ、わたしが自分《じぶん》でとるわ。」

さいわい、海女《あま》の道具《どうぐ》は、知《し》り合《あ》った兄妹《きょうだい》がかしてくれます。

同《おな》じころ、クミョンとヨンノも海辺《うみべ》をまわっていました。でも、やっぱりなかなか手《て》に入《い》れられません。

そのようすを、チャングムたちの影《かげ》の護衛《ごえい》と、民《たみ》のくらしを直接《ちょくせつ》見《み》るように、中宗様《チュンジョンさま》に命令《めいれい》されたミン・ジョンホがじっと見《み》ていました。

「王様《おうさま》はそんな命令《めいれい》を出《だ》してない。代《だい》官《かん》は悪事《あくじ》を王様《おうさま》のせいに……。」

海《うみ》では、チャングムがはじめてだと思《おも》えないほど、上手《じょうず》にもぐりつづけていました。

「ほら見《み》て！　ナマコ！」

そのとき、ひとりの女《おんな》の人《ひと》が通《とお》りかかりました。チャングムに海女《あま》の道具《どうぐ》をかしてくれた兄妹《きょうだい》のお姉《ねえ》さんです。

「ここは、危険《きけん》な場所《ばしょ》だよ。まさかもぐっちゃいないだろうね。」

ふたりがチャングムのことを話《はな》すと、お姉《ねえ》さんは言葉《ことば》をつづけました。

「いけない。海《うみ》に入《はい》ってからどれくらい時間《じかん》がたった？」

そのとき、海《うみ》の中《なか》では、おそろしいことがおこっていました。チャングムの足《あし》が石《いし》の下《した》にはさまり、ぬけなくなってしまったのです。

「息《いき》がつづかない……。」
チャングムの意識《いしき》がだんだん遠《とお》のいていきます。そのとき、チャングムの口《くち》にしんせんな空気《くうき》が送《おく》りこまれました。近《ちか》くを通《とお》りかかったミン・ジョンホが人工呼吸《じんこうこきゅう》をしてくれたのです。ミン・ジョンホは、チャングムを助《たす》けて、岸《きし》まで送《おく》りとどけました。
でも、チャングムが、ミン・ジョンホにお礼《れい》の言葉《ことば》を言《い》おうとしたとき、とつぜん、代官所《だいかんじょ》の役人《やくにん》があらわれたのです。
「こいつらをひっとらえよ！」

「なんだ？　こいつら」

ミン・ジョンホに、いいところをとられてしまったチャン・スロも、ここぞとばかりにあばれまわります。

一行《いっこう》をおそってきた役人《やくにん》たちは、あっというまに、しばりあげられてしまいました。ミン・ジョンホは、チャン・スロに声《こえ》をかけました。

「こいつらを代官所《だいかんじょ》につれていけ。」

「なんでおまえが命令《めいれい》するんだよ。」

「おまえにしかできないことがある。おれは影《かげ》。前《まえ》には出《で》られん。」

ミン・ジョンホが笑顔《えがお》で返《かえ》します。

そして、代官所《だいかんじょ》に乗《の》りこみ、大《おお》あばれ。たちまち代官《だいかん》をしばりあげます。

「民《たみ》を苦《くる》しめる代官《だいかん》め、ゆるせん。」

人前《ひとまえ》に出《で》られないミン・ジョンホにかわって、チャン・スロがうれしそうに、大声《おおごえ》を張《は》り上《あ》げました。

同《おな》じころ、チャングムは、海辺《うみべ》の村《むら》の人《ひと》にアワビがゆをふるまっていました。ヨンセンは心配《しんぱい》そうです。

「ナマコがあるからだいじょうぶ。」

チャングムがそう言《い》うと、村人《むらびと》が言《い》いました。

「そんなナマコじゃだめさ。」

夕方《ゆうがた》になり、壺《つぼ》おばあさんのところに帰《かえ》ると、クミョンたちも、もうもどっていました。どちらも手《て》に入《い》れたようです。がっかりするチャングムに、壺《つぼ》おばあさんは言《い》いました。

「また引《ひ》き分《わ》けだね。クミョンはしんせんなアワビとナマコを。チャングムはアワビはないが、ほしたナマコを持《も》ってきた。壺料理《つぼりょうり》に使《つか》えるのは、生《なま》のアワビと、ほしたナマコなのさ。」

そうです。チャングムは村《むら》の人《ひと》に教《おそ》わり、ほしたナマコを持《も》ってきていたのでした。

11　不気味《ぶきみ》などうくつ

壺《つぼ》おばあさんは、壺《つぼ》を持《も》ってきて、チャングムとクミョンに言《い》いました。

「この山《やま》ハチミツを集《あつ》めてもらうよ。」

「山《やま》ハチミツ？」

チャングムが首《くび》をかしげると、ハン尚宮様《サングンさま》が答《こた》えます。

「どうもうな山《やま》のハチが作《つく》る栄養《えいよう》のあるハチミツよ。でも、どこで……。」

ハン尚宮様《サングンさま》が口《くち》ごもると、壺《つぼ》おばあさんは、高《たか》くてけわしい山《やま》を指《ゆび》さしました。

チャングムとクミョンは、別《べっ》べつのグループを作《つく》って、山《やま》ハチミツを手《て》に入《い》れることになりました。

チャングムには、ヨンセンとミン・ジョンホが、クミョンには、ヨンノとチャン・スロがつきそいます。

でも、ヨンノの目的《もくてき》は少《すこ》しちがうようです。

「チャン・スロさまー。」

「はなせよ、はなせったら。」

クミョンたちのグループは、道案内《みちあんない》の村人《むらびと》をやとい、道《みち》がけわしい近道《ちかみち》を通《とお》っていきます。

チャングムたちは、少《すこ》し遠回《とおまわ》りですが、山道《やまみち》を登《のぼ》っていきます。

きつい上《のぼ》り坂《ざか》に、思《おも》わずヨンセンがぐちをこぼしました。

「料理《りょうり》を習《なら》いに来《き》たのに、山登《やまのぼ》りだなんて……。」

「かんたんに秘伝《ひでん》の料理《りょうり》は教《おし》えてもらえないわよ。」

チャングムがはげまします。そして、休《やす》みながら、登《のぼ》っているうちに、大《おお》きなつり橋《ばし》につきあたりました。

まずミン・ジョンホが先《さき》にわたり、つづいてチャングムがわたります。

チャングムが橋《はし》をわたりおえようとしたとき、とつぜん、つり橋《ばし》をつないでいたつなが切《き》れてしまったのです。

おそろしい音《おと》をたてて、橋《はし》はくずれていきます。チャングムは、けんめいに走《はし》りました。でもあと一歩《いっぽ》というところで、谷底《たにぞこ》へ！

そのとき、先《さき》に橋《はし》をわたっていたミン・ジョンホが谷《たに》へ飛《と》びこみ、さけびました。

「チャングム！ つかまれ！」

ミン・ジョンホが、なんとかチャングムのうでをつかみました。

ピシ！　ミン・ジョンホがつかんでいるつなも切《き》れそうです。

「あの岩《いわ》に飛《と》びますよ。」

ミン・ジョンホは、そう言《い》うなりチャングムをつかんだまま、大《おお》きな岩《いわ》に飛《と》びうつりました。

しかし、その岩《いわ》ももろくて、足《あし》もとから、どんどんくずれてきます。

「こっちへ。」

ミン・ジョンホは、チャングムの手《て》を引《ひ》くと、どうくつに飛《と》びこみました。

でも、そこには、おそろしい光景《こうけい》が広《ひろ》がっていたのです。

先《さき》に行《い》ったはずのクミョン、ヨンノ、そしてチャン・スロがとてつもなく大《おお》きなクモにつかまり、クモのはきだした糸《いと》でしばられ、天井《てんじょう》からつるされているではありませんか。

ミン・ジョンホは、おそいかかってきたクモをひきつけると、チャングムを、クミョンたちのほうへにがします。

チャングムが、チャン・スロの糸《いと》を切《き》っている、そのときです。

「あぶない！」

クモがミン・ジョンホめがけて糸《いと》をはきかけたのです。

　ミン・ジョンホは持《も》っていた刀《かたな》で、糸《いと》を切《き》ると、かけつけたチャン・スロにさけびました。

「みんなを外《そと》に！」

　その声《こえ》にうながされるように、みんなはどうくつを飛《と》び出《だ》しました。でも、まだクモは追《お》ってきます。

　ブーン。

　そのとき、とつぜん大《おお》きな羽音《はおと》があたり一面《いちめん》にひびきわたりました。

　どこからともなくハチの大群《たいぐん》があらわれ、クモにおそいかかって、どうくつに追《お》いはらっているのです。

12 自然《しぜん》の贈《おく》り物《もの》

ふしぎなことに、ハチたちは、大《おお》きなクモにおそいかかったあと、チャングムたちをおそわずに、通《とお》りすぎていきました。

ハチの通《とお》っていった方向《ほうこう》に目《め》をやると、白《しろ》い服《ふく》を着《き》た、白《しろ》いひげのおじいさんが笛《ふえ》をふいています。

チャングムは思《おも》わずつぶやきました。

「あのおじいさんは……。」

「きっとハチの仙人様《せんにんさま》だわ。」

クミョンが答《こた》えました。

「ここまで案内《あんない》してもらった人《ひと》に聞《き》いたの。山《やま》にすむハチの仙人様《せんにんさま》は、ハチを思《おも》うままにあやつるふしぎな力《ちから》を持《も》ってるって。そして仙人様《せんにんさま》だけが、山《やま》ハチミツをとれるんですって。」

「じゃあ、ついていかなくっちゃ。」

クミョンが説明《せつめい》すると、チャングムは笑顔《えがお》で返《かえ》しました。

そうして、チャングムたちは仙人様《せんにんさま》のあとを追《お》いましたが、仙人様《せんにんさま》は、どんどん山《やま》のおくへ入《はい》っていきます。

みんな、つかれてへとへとです。

「まだ、行《い》くの？」

チャングムたちは、山《やま》の頂上《ちょうじょう》に着《つ》くと、仙人様《せんにんさま》に山《やま》ハチミツをわけてくれるよう、必死《ひっし》におねがいしました。でも、仙人様《せんにんさま》はなかなかうんとは言《い》ってくれません。

「ついてきなさい。」

とうとう、仙人様《せんにんさま》は、ハチの巣《す》のある場所《ばしょ》につれてきてくれたのです。そして、巣《す》を指《ゆび》さして言《い》いました。

「あのハチミツは、選《えら》ばれたものしか手《て》にできん。」

ドスン！　そのとき、チャン・スロがハチの巣《す》から落《お》ちてきました。

「おろかものめ！」

　こっそり、山《やま》ハチミツをとろうとしたチャン・スロに、仙人様《せんにんさま》のきびしい声《こえ》が飛《と》びます。

「あのハチたちは、選《えら》ばれたものにしか、ミツをわたさん。信頼《しんらい》する友《とも》がいなくてはならん。」

　チャングムはヨンセンを、クミョンがヨンノを見《み》つめます。

「山《やま》ハチミツをとるには、ハチ笛《ぶえ》でハチを落《お》ち着《つ》かせてくれる友《とも》が必要《ひつよう》なんじゃ。最後《さいご》まで信《しん》じあうこと、自然《しぜん》にかんしゃすることも大切《たいせつ》だ。」

仙人様《せんにんさま》は、ヨンセンとヨンノを見《み》つめて言《い》いました。

「ハチ笛《ぶえ》の練習《れんしゅう》をしなさい。曲《きょく》など考《かんが》えずに、ハチへの思《おも》いをこめて、心《こころ》のままにふくのじゃ。ただし、ぜったいに目《め》をあけてはならんぞ。」

しばらくして、仙人様《せんにんさま》の声《こえ》がひびきました。

「よかろう。どちらが先《さき》にやる？」

さっそく、クミョンが名《な》のりをあげました。そして、ヨンノがハチの巣《す》の前《まえ》にすわり、目《め》をとじてハチ笛《ぶえ》をふきはじめました。

ハチが落《お》ち着《つ》いていきます。クミョンはそれをたしかめると、つたを登《のぼ》っていきました。やはり、山《やま》ハチミツを手《て》に入《い》れるのは、先《さき》に巣《す》に登《のぼ》ったクミヨンなのでしょうか。

でも、ハチの巣《す》の中《なか》に入《はい》り、ハチミツのつまっているところを見《み》たとき、クミョンの心《こころ》にさざなみがおきました。

(大《おお》きいほうがいい。)

そう思《おも》ったしゅんかん、クミョンはハチにおそわれてしまったのです。

そうして、チャングムとヨンセンの番《ばん》になりました。

ヨンセンの笛《ふえ》の音《ね》に心《こころ》をあわせるように、チャングムは登《のぼ》ります。そして、山《やま》ハチミツを見《み》つけると、心《こころ》の中《なか》でハチに話《はな》しかけました。

（少《すこ》しだけ、わけてください。）

すると、クミョンがとろうとしたときとちがって、ハチたちはチャングムをおそってきません。とうとう、チャングムは、山《やま》ハチミツを手《て》に入《い》れることができたのです。

そして、つたをおりると、ヨンセンにかけより言《い》いました。

「ありがとう、とれたわ。」

13 壺料理《つぼりょうり》の心《こころ》

山《やま》ハチミツを手《て》に入《い》れて、壺《つぼ》おばあさんのところへもどった夜《よる》、チャングムは海《うみ》を見《み》つめていました。

「お母《かあ》さん……。」

なくなったお母《かあ》さんの形見《かたみ》の指輪《ゆびわ》をにぎりしめ、思《おも》わずつぶやきます。

たおれていた男《おとこ》の人《ひと》を助《たす》けるために、試験《しけん》におくれたこと、炭蔵《すみぐら》が火事《かじ》になったこと、料理勝負《りょうりしょうぶ》……。

さまざまなできごとがむねをよぎっていきました。

そして、きょう、ついに壺料理《つぼりょうり》を習《なら》うことができたのです。チャングムはしんけんに、壺《つぼ》おばあさんの手《て》もとを見《み》つめました。
「壺料理《つぼりょうり》は、まごころをこめて作《つく》ることがなにより大事《だいじ》なんだよ。」
教《おし》える壺《つぼ》おばあさんの声《こえ》もしんけんです。
壺料理《つぼりょうり》を習《なら》うのは、チャングムひとり。そう決《き》められていたはずでした。ところが、となりの部屋《へや》で、クミョンとヨンノ、そしてチェ尚宮様《サングンさま》がのぞいていたのです。

「いいかい。アワビとナマコは塩《しお》であらうんだ。」

壺《つぼ》おばあさんが言《い》うのをこっそり聞《き》いたチェ尚宮様《サングンさま》が、記録《きろく》をとらないクミョンをしかりつけます。

「代《だい》だい、スラッカンの責任者《せきにんしゃ》である最高尚宮《チェゴサングン》を出《だ》してきた一族《いちぞく》のためだ。早《はや》く記録《きろく》しなさい！」

クミョンはくやし涙《なみだ》を流《なが》しながら、手帳《てちょう》に書《か》きとめていきます。

（ほんとうは、負《ま》けたのに。わたし、こんなことしたくない……。わたしは……。わたしは……。）

台所《だいどころ》では、壺《つぼ》おばあさんの仕事《しごと》と声《こえ》だけが、時《とき》をきざんでいきました。

「そして小皿《こざら》を入《い》れて、さかさにふたをするんだ。これがひけつなんだよ。

さあ、ここで問題《もんだい》だ。山《やま》ハチミツは、今《いま》入《い》れるかい？　あとにするかい？」

チャングムには、答《こた》えられません。

「じゃあ、ゆっくり考《かんが》えな。」

つめたい言葉《ことば》でした。でも、壺《つぼ》おばあさんのほんとうの心《こころ》はちがいました。

（あとは、これさえわかれば、壺料理《つぼりょうり》はおまえのものになる。がんばりな、チャングム。）

「最初《さいしょ》かな。いいえ、ちがうわ。」

答《こた》えが出《で》ないまま、チャングムはぼんやりと夕焼《ゆうや》け空《ぞら》を見《み》つめていました。

でも、どんなに考《かんが》えてもわかりません。

そこへヨンセンがやってきて、おずおずと言《い》ったのです。

「あのね。山《やま》ハチミツはあたためちゃいけないと思《おも》う。あのとき、ハチ笛《ぶえ》をふいているとき、ハチの精《せい》が言《い》ったような気《き》がするの。でも夢《ゆめ》かも……。」

それを聞《き》いて、それまでだまっていた仙人様《せんにんさま》がぽつりと言《い》いました。

「それはハチの精《せい》のおつげじゃ。」

チャングムは、さっそく台所《だいどころ》に飛《と》びこんでいきました。そして壺《つぼ》おばあさんに言《い》ったのです。

「あとです。山《やま》ハチミツは、材料《ざいりょう》をあたためたあとに入《い》れます。」

壺《つぼ》おばあさんは笑顔《えがお》で返《かえ》します。

「そのとおりだ。ただし壺《つぼ》をあたためるときは、ろうそくの弱《よわ》い火《ひ》で一晩《ひとばん》じゅうやらねばならぬ。この手間《てま》とまごころこそ、壺料理《つぼりょうり》の心《こころ》なのさ。」

チャングムはうなずきました。

となりの部屋《へや》では、チェ尚宮様《サングンさま》たちが荷造《にづく》りをしています。

壺料理《つぼりょうり》の秘密《ひみつ》を先《さき》に持《も》ち帰《かえ》ろうとしているのです。
壺料理《つぼりょうり》の秘密《ひみつ》をのぞき見《み》して手《て》に入《い》れたクミョン。壺《つぼ》おばさんから教《おそ》わったチャングム。ふたりの行方《ゆくえ》は、どうなってしまうのでしょうか。そして、ヨンノをさらったものたちの正体《しょうたい》は？チャングムの夢《ゆめ》の道《みち》は、まだまだたいへんなことがおこりそうです。
でも、チャングムはくじけたりしないでしょう。チャングムが、自分《じぶん》の料理《りょうり》で人《ひと》びとを幸《しあわ》せにするという夢《ゆめ》を持《も》ちつづけているなら。

◉「少女チャングムの夢」製作・協力スタッフ◉

日本語版製作スタッフ

プロデューサー………………… 布施　実
………………… 丸田智子
翻訳……張　銀英（チャン・ウニョン）
台本……………………………… 野尻哲子
調整……………………………… 金谷和美
効果…………………………… ディーシンク
MA・VTR スタジオ … スタジオ・ユニ
演出……………………………… 向山宏志
制作協力………………………… 蔭山康生
制作……………………………… 里口　千
……………………………… 井田海帆

オリジナル・スタッフ

企画…………………… チェ・ジンソプ
………………………… キム・ヨンエ
チーフプロデューサー……… イ・ウヌ
プロデューサー…………… イ・ウンミ
………… キム・ソンテ
構成…………………… オ・ジョンウン
キャラクターデザイン… クォン・ユニ
美術監督……………… ポン・ハグォン
撮影監督……………… キム・ギョンテ
音楽監督………………… ウォン・イル
監修……………………………… 蔭山康生
監督………………… パク・ピョンサン

オリジナル・キャスト

チャングム…………… チョン・ミスク
トンイ…………………… イ・ソンジュ
カン・ドック………… チェ・ソクピル
トックの妻……………… キム・ソヨン
ヨンセン…………………… パク・ソラ
クミョン……………… パク・ソニャン
チャンイ………………… イ・ソンジュ
ヨンノ…………………… キム・ソヨン
ウン尚宮…………………… パク・ソラ
ハン尚宮……………… パク・ソニョン
チェ尚宮………………… ユン・ソンヘ
中宗………………………… チェ・ハン
ミン・ジョンホ……… リュ・スンゴン
チャン・スロ………… キム・ヨンソン

声の出演

チャングム…………………… 伊藤美紀
クミョン……………………… 佐古真弓
ヨンセン…………………… 吉田小南美
ハン尚宮…………………… 藤本喜久子
チェ尚宮…………………… 高橋理恵子
ウン尚宮…………………… 定岡小百合
ミン・ジョンホ……………… 土田　大
チャン・スロ………………… 真殿光昭
中宗………………………… 平川大輔
皇太后………………………… 藤　夏子
最高尚宮……………………… 真山亜子
チャンイ…………………… 梅田貴公美
ヨンノ………………………… 高乃　麗
トンイ………………………… 朝倉栄介
カン・ドック……………… 佐々木梅治
カン・ドックの妻……… つかもと景子
男刺客………………………… 桐本琢也
青蝶（ヘヤ）……………… 松井菜桜子
チョン長官…………………… 仲野　裕
チソン………………………… 河杉貴志
大陸旅館の主人……………… 天田益男
チャニの姉………………… 伊東久美子
チャニ……………………… 伊藤亜矢子
壺おばあさん………………… 京田尚子
壺姉さん……………………… 渡辺美佐
代官…………………………… 宝亀克寿
海女…………………………… 友永朱音
海女の弟……………………… 松浦チエ
海女の妹……………………… 佐藤香織
ハチの仙人…………………… 藤本　譲

この本は、アニメ「少女チャングムの夢」をもとにつくられました。

アニメ版
少女チャングムの夢
あこがれのスラッカンへ

二〇〇七年九月　初版発行
二〇〇八年六月　第2刷発行

原作／「チャングムの夢」製作委員会
文／藤田晋一

発行／㈱金の星社
〒一一一-〇〇五六　東京都台東区小島一-四-三
電話〇三（三八六一）一八六一
FAX〇三（三八六一）一五〇七
振替〇〇一〇〇-〇-六四六七八
印刷／広研印刷㈱
製本／東京美術紙工

NDC929 95P 21.5cm ISBN978-4-323-07096-4
Published with permission granted by Heewon Entertainment through MICO
企画協力：MICO ㈱国際メディア・コーポレーション

Published by KIN-NO-HOSHI SHA, Tokyo, Japan.
http://www.kinnohoshi.co.jp